LA FILLE
DU SONNEUR.

4ᵉ SÉRIE P. IN-8ᵉ

LA FILLE

DU

SONNEUR

PAR

A. DRIOU.

LIMOGES

EUGÈNE ARDANT ET C^o, ÉDITEURS.

LA
FILLE DU SONNEUR

Dans la Champagne, entre Montier-en-Der et Brienne-le-Château, il est un village tapi sous l'ombrage de vieux ormes, au pied de vertes collines, qui étale ses chaumières en face d'immenses prairies vaporeuses, ponctuées çà et là de nombreux troupeaux.

On le nomme Ceffonds.

Ceffonds possède une magnifique église, en forme de croix latine, qui présente à l'extérieur les caractères de trois époques architecturales bien tranchées.

La tour du clocher est romane. Jadis elle était couronnée par quatre clochetons servant d'acolytes à une haute flèche aiguë :

la flèche existe encore, mais les clochetons
sont tombés.

Le chœur et les transepts, soutenus par
des contreforts et ornés d'une suite d'ar-
cades trilobées, qui forment comme une
dentelle de pierre au-dessous de la corni-
che, justifient la qualification de gothique
fleuri donné à ce genre de style.

Enfin le portail principal et une porte
latérale offrent dans leurs détails un ca-
ractère net et précis de la renaissance.

Avant la révolution de 1793, l'église de
Ceffonds ayant une tour et la tour étant
munie de cloches, ces cloches possédaient
un sonneur.

Ce sonneur s'appelait Carillon. Hélas!
chose bien plus étrange! ce sonneur, ap-
pelé Carillon, était muet, muet de naissance, qui plus est. Vingt philanthropes
avaient essayé de le faire parler : leurs
expériences savantes avaient complète-
ment échoué devant cette nature rebelle.

Néanmoins, malgré cette déplorable infirmité, Carillon s'était marié. Une femme
s'était rencontrée qui, sur le retour déjà,

et craignant de ne jamais cueillir les douceurs de l'hyménée, avait consenti à confondre son avenir avec celui du sonneur. Il faut reconnaître qu'elle avait fait un calcul stratégique en cette circonstance solennelle, et que, pour prendre sa détermination, elle avait supputé toutes ses chances de bénéfice.

— Carillon est muet, c'est vrai, trop vrai ! s'était-elle dit, et cependant, moi, je ne me fais pas illusion là-dessus, j'aime beaucoup à... parler. Eh bien ! la compensation se fera d'elle-même : puisqu'il se taira, je causerai pour lui et pour moi.

Le mariage avait donc eu lieu. Seulement, madame Carillon n'avait pas réfléchi que son mari, par le fait de son mutisme, était sourd, et elle en fit l'épreuve dès le début ; mais il n'était plus temps. Toutefois, pour se dédommager, la digne femme se consola dans la pensée qu'au mouvement de ses lèvres, son débonnaire époux prendrait bientôt l'habitude de comprendre son caquet.

Du reste, Carillon avait une pantomime

fort expressive. D'un geste il faisait comprendre sa pensée, et répondait à vos discours, pour peu qu'il y eût d'expression
dans vos mouvements et votre physionomie. Dame nature, en le privant de certains sens, l'avait amplement gratifié d'autre part. Il s'ensuivait que, en somme,
Carillon était un parti assez sortable. Aussi
Madeleine Jacasse, c'était le nom de fille
de madame Carillon, n'avait déjà pas si
mal combiné sa position.

Savez-vous bien que le curé du village,
qui protégeait notre infirme à raison de
sa disgrâce et à cause de l'intelligence
qu'il trouvait en lui, en nommant Carillon
sonneur des cloches de son église, lui faisait verser annuellement ès-mains 400 livres pour sonner les *Angelus*, les offices
du dimanche et les fêtes chômées, d'une
part; et, de l'autre, enterrements, maria-
ges, baptêmes, etc., étant payés plus ou
moins grassement, selon les sonneries
plus ou moins jubilantes du bonhomme,
il avait l'esprit de faire bavarder tant et
si bien ses cloches sonores, que bon an

mal an, leur caquetage lui rapportait bien
400 autres livres.

Aussi, trois mois avant son mariage,
Carillon avait acheté une petite maison
fort coquette. Il l'avait payée en beaux
écus luisant au soleil, et la bicoque était à
lui, bien à lui. A la maison, ayant pignon
sur rue, se trouvait joint un jardin qu'il
cultivait de ses propres mains aux heures
perdues. Enfin, le brave sonneur se don-
nait, chaque année, tantôt un bout de pré,
tantôt une raie de champ, comme on dit
en Champagne : si bien que, économe
comme il était, Carillon promettait de devenir, à un moment donné, un bon pro-
priétaire du pays, pour peu qu'il sonnât
encore les cloches pendant quelque vingt
ans. Or, il était jeune! jugez du bel avenir qui était réservé à la maison Carillon.

Il faut dire maintenant, car je l'ai omis
jusqu'ici, que maître Carillon avait été
jeté, sur le point de notre globe que cou-
vre le village de Ceffonds, par une bande
de Bohémiens en passage dans le pays.
On n'avait donc jamais pu savoir quel était

son père, quelle était sa mère. Était-il fils de ces nomades tribus si misérables qui sillonnent parfois la Champagne, et campent ici aujourd'hui, là demain? Quelque famille coupable n'avait-elle pas profité de la présence de ces bandes de Gypsies, pour exposer sous les saules, au bord du Ceffondet, le ruisseau du village, ce pauvre petit être, afin de détourner tout soupçon et de charger du crime de l'abandon ces impurs Gitanos? Nul ne pouvait résoudre le problème, et du reste on ne s'en était pas occupé longtemps. Les gens de la campagne ont le cœur bon : ils avaient vu dans l'enfant délaissé un orphelin malheureux, mais doux car il ne criait jamais, et il avait été adopté par le curé, que tout le monde aida dans son œuvre de charité. Le petit avorton avait été baptisé : on lui avait donné le nom de Carillon, parce qu'au moment où le garde champêtre l'avait trouvé sous les saules, les cloches de Montier-en-Der et de Ceffonds étaient en branle et éparpillaient dans l'air leurs joyeux carillons à l'occasion de la fête de

Pâques; puis le poupon avait été mis en
nourrice chez une brave paysanne dont
l'enfant venait de mourir, et enfin élevé
à l'école communale; et sa première com-
munion faite aussi bien que possible pour
un sourd-muet, qu'on avait instruit par
signes, il avait été élevé au poste de sonneur, que son nom providentiel semblait
lui avoir destiné à l'avance.

Vint un jour où Carillon apprit de sa
femme, dans un long discours qui aurait
pu se réduire à un geste, que bientôt le
Créateur des mondes lui donnerait un enfant.

— Je désire de tout mon cœur que ce
soit une fille! ajouta-t-elle.

— Je voudrais que ce fût un fils! expri-
ma le père.

Le père et la mère furent satisfaits :
Madeleine mit au monde un fils et une
fille.

Dire s'ils furent heureux d'un événe-
ment qui d'un seul coup contentait le père
en lui donnant le garçon qu'il souhaitait,
la mère une fille qu'elle désirait, mais à

tous deux une charge quelque peu lourde, serait difficile. Ce qu'il y a de bien certain, c'est que jamais dans Ceffonds les cloches ne retentirent avec plus d'énergie que le jour du baptême de Georges et de Georgette. Leurs voix limpides et pures, mais surtout infatigables, annoncèrent à toute la contrée qu'elles chantaient la joie de leur seigneur et maître.

Jamais au monde on n'avait vu d'aussi jolies figures d'enfants. Madame Carillon en était tout colère, elle qui était laide. Le brave sonneur, au contraire, avait un beau visage, et il ne se possédait pas de joie. L'heureux père portait dans ses bras tantôt son fils, tantôt sa fille, dans son jardin, pour leur en faire respirer les brises parfumées. Parfois aussi c'était dans la prairie qu'arrose la Voire qu'il les promenait au grand soleil pour les fortifier. Souvent même il avait le désir de monter son fils au clocher, avec lui; mais il craignait que le bruit assourdissant des cloches ne lui brisât le tympan, et il attendait avec impatience le moment heureux où cet enfant serait assez fort pour le suivre dans ses ascensions aériennes et l'aider dans ses opérations harmoniques.

Hélas! remarquez combien, sur terre, il est peu de bonheur possible! Il fut prouvé un soir que la petite Georgette était sans voix et serait condamnée, comme son père, à un mutisme perpétuel... Cette découverte accabla de douleur la pauvre Madeleine, qui vivait dans une extase perpétuelle à la vue de sa fille, et qui se promettait si bien de se dédommager avec elle de son trop long sevrage de caquets... En outre, le petit Georges, ayant été tenu à une heure trop avancée dans le jardin, pendant une soirée d'automne, prit froid et fut saisi d'une fièvre qui le tint entre la vie et la mort l'espace de huit jours, après lesquels la mort, la cruelle mort, l'enleva à la tendresse de son infortuné père.

Alors tout l'amour de son cœur se porta sur sa fille. Il l'eût aimée dans les conditions ordinaires de la généralité des femmes; il l'aima bien davantage par le fait même qu'elle était privée, comme lui, d'un organe essentiel, et qu'il la supposa plus malheureuse. Il ne s'estimait pas à plaindre d'être muet, lui, car il portait dans sa poitrine tout un monde de causeries empreintes d'une suave mélancolie, à en juger par les reflets poétiques dont parfois s'illuminait son visage; mais il regardait comme déshéritée de la nature sa chère Georgette, parce qu'elle partageait son infirmité. Aussi, comme pour la dédommager, n'était-il pas de soins dont il ne l'entourât. Ce fut ainsi que la belle enfant grandit, se fortifia chaque jour, se développa telle qu'une fleur, croissant en grâce et en beauté, si bien que tout le monde l'admirait, et qu'il n'était bruit dans le pays que des charmes de Georgette. Avec cela, Carillon tint beaucoup à ce que sa fille fût parfaitement élevée. On imagina mille moyens pour lui apprendre à lire, à écrire, à compter. Le curé, qui avait travaillé à débrouiller l'intelligence du père, était un savant, un homme à l'affût des difficultés de nature pour les résoudre et les vaincre; il entreprit d'inventer un système de langage expressif qui établit des communications faciles entre lui et la muette : il s'aida du travail de l'abbé de l'Epée; peut-être même le perfectionna-t-il. Ce qu'il y a de bien certain, c'est qu'il réussit, sur un signe, sur un geste, sur un clin d'œil, à se faire comprendre de son élève. Le succès fut bien un peu lent d'abord; mais cependant le chaos disparut du cerveau de la belle enfant, le jour se fit dans son intelligence, et peu à peu elle fit de tels progrès, qu'après deux ans de persévérance et d'études, Georgette non-seulement lisait très-couramment, écrivait de même, et comptait parfaitement; mais encore elle saisissait les problèmes de la géographie, dessinait des cartes à surprendre son maître, et connaissait assez l'histoire pour en faire des résumés dont certains aperçus démontraient une portée d'esprit peu commune.

Il advint en outre que son sage instituteur ayant mis des livres pieux entre les mains de la fille du sonneur, elle eut le bonheur d'en comprendre la vérité, d'en puiser le suc nourricier, et de devenir un ange de piété, de douceur et de charité.

Quant à Carillon, son regard de père voyait dans sa Georgette la plus admirable créature des mondes. Elle était son univers à lui. Aussi ne la quittait-il que contraint par la nécessité, lorsqu'il fallait faire l'ascension de son clocher, par exemple.

Le matin, il allait prier avec elle dans l'église : le soir, ils priaient encore ensemble près du foyer. Puis c'était dans les bois du Der, dans cette belle forêt druidique, où le vent souffle quelquefois et gémit comme les grandes orgues sous les voûtes du sanctuaire; c'était sur la marge des prés, où croissent au soleil les primevères et les marguerites, et dont les horizons vaporeux, capitonnés ici et là de saules et de bouleaux, ou coupés par intervalles de rideaux d'orgueilleux peupliers frissonnant sous la brise; c'était le long des bords de la Voire, dont les grèves

argentées semblaient lutiner le remous
des petites vagues de la rivière, et où, à
l'ombre des aulnes et des coudriers, les
poissons frétillaient à l'aise; c'était sur les
collines verdoyantes de Jervilliers ou de
Puellemontier, en face du soleil qui se levait en projetant ses rayons d'or sur les
plaines endormies, sur les paysages plon-
gés dans la brume du matin, ou en regard
du même soleil disant adieu au monde
pour s'ensevelir dans le tabernacle de
pourpre que lui formaient les caprices des
nuages amoncelés au ponant, que l'heureux père promenait sa fille bien-aimée.
Alors, à chaque instant, dans ces prome-
nades muettes, au milieu des extases aux-
quelles les livraient les beautés resplen-
dissantes du matin, les merveilleux acci-
dents et les transformations du soir, les
hautes voûtes des bois aux arceaux plus
élégants que ceux de nos plus magnifiques
cathédrales, les cascatelles des eaux mur-
murant sur leur lit de cailloux, et toutes
les splendeurs du délicieux bassin de Mon-
tier-en Der, il levait son doigt vers le ciel,

et, dans un langage intelligent que saisissait à première vue la charmante Georg-
gette, il lui rappelait le souvenir du Père
qui est dans les cieux et dont le regard
est toujours ouvert sur la moindre de ses
créatures; ou bien il lui faisait admirer la
grandeur de Dieu dans ses œuvres, que
signalent tant de merveilles et de pro-
diges.

Quelquefois, le soir, dans ces promena-
des champêtres, le hasard conduisait le
père et la fille sous un épais massif d'arbres placé sur les limites de la grande
prairie, non loin de la route qui met le
bourg de Montier-en-Der en communica-
tion avec Ceffonds. Ce massif d'arbres iso-
lé, véritable oasis dans la solitude, à la
tombée du jour offrait un site des plus
poétiques. On pouvait voir de là cheminer
les rustiques attelages regagnant les fer-
mes et les hameaux; moucheter les prairies de leurs taches blanches les troupeaux
de brebis qui, en bêlant, retournaient à
leurs étables; estomper leurs sombres pro-
fils dans la pénombre du crépuscule les

chaumières du village, et plus loin se dessiner les noires silhouettes du clocher, de l'abbaye et des villas de la bourgade. Mais chaque fois que Carillon approchait de ce retiro, son âme émue semblait à l'étroit dans sa poitrine, son cœur serré suspendait en quelque sorte ses battements, et la pâleur envahissait son visage. Hélas! c'est que c'était en cet endroit même que, petit enfant, il avait été abandonné, sur une poignée de foin, par la bande de gitanos qui y avaient campé, il y avait vingt-cinq ans déjà. Et alors d'amers souvenirs s'emparaient de sa pensée, et il se demandait quelle était sa mère, sa mère qu'il n'avait jamais entrevue, sa mère dont l'ombre même ne lui était pas apparue, sa mère que pourtant... il eût tant aimée! Aussi, de bonne heure avait-il fait savoir à sa fille, par le curé, que ce point du sol était toute sa patrie, à lui, et il aimait à y conduire Georgette, parce que, pour lui, Georgette c'était sa vie, c'était son amour, son amour de fils pour une mère inconnue, et son amour de père pour sa chère enfant. En ce lieu désert, alors, n'ayant que le ciel et Dieu pour témoins, les bras entrelacés dans ceux de sa fille, les yeux dans ses yeux, l'âme dans son âme, le pauvre enfant trouvé pleurait, et son œil, triste et sombre, plongeait dans les profondeurs de l'horizon, comme pour y lire le passé et y chercher l'avenir...

Ce massif d'arbres était très connu des habitants du pays, et on le nommait le *Berceau de l'Enfant trouvé!* Aussi, quand on y voyait le digne homme, le dos appuyé contre un vieux tronc de saule et le regard mélancolique, le respect faisait écarter les passants. On craignait de troubler les sombres pensées du misérable enfant trouvé...

Cependant on était en 1789. La France s'agitait sur sa base et le peuple se précipitait vers un torrent d'idées nouvelles que le pauvre muet ne pouvait comprendre, lui qui ne savait qu'une chose, la seule vraie :

— Dieu existe, et la religion est l'unique ressource de l'homme! Les représentants de Dieu sur la terre, c'est-à-dire les hommes qui ont en main l'autorité pour conduire et diriger les peuples, doivent être obéis, autrement il n'y a plus de société possible!

Aussi la marche des événements devint un mystère pour notre muet, et il crut les humains atteints de folie, quand il vit le nombre des croyants diminuer chaque jour davantage, que l'église devenait de plus en plus solitaire, que l'on ne respectait plus les prêtres, que l'on ne parlait du roi Louis XVI et de la reine Marie-Antoinette qu'avec l'accent du dédain et de la haine, que l'observation du dimanche était foulée aux pieds, et que les rangs des honnêtes gens diminuaient à toute heure, de telle sorte qu'on se glorifiait de l'esprit et des actes d'une impiété et d'une rébellion qu'il ne pouvait s'expliquer.

Sa stupéfaction fut bientôt à son comble.

Il apprit que les couvents étaient supprimés, et ce fut avec une douleur amère qu'il vit sortir un à un, du monastère de Bénédictins de Montier-en-Der, les religieux, vénérables vieillards qui y avaient blanchi dans le travail, la pénitence et la prière.

Mais ce qui ajouta plus encore à son étonnement, ce fut l'ordre qui lui fut intimé de n'avoir plus à sonner les cloches, de remettre les clefs du clocher au maire de la commune, et, un matin, d'être témoin que des sbires envoyés tout exprès faisaient descendre ses chères cloches, afin de les charger sur des charrettes et de les emporter pour en faire des... canons...

Ensuite on forma des clubs jusque dans les plus petites localités de la France, et, sans comprendre ce qui se disait dans ces étranges assemblées, lui, qui avait l'habitude de lire sur les physionomies et d'interpréter les pensées de l'homme, devina bien vite que tous ces êtres qui les peuplaient, et dont les figures étaient si rébarbatives, conspiraient une ruine et la débâcle de tout ce qui existait.

—Le monde, la société va donc s'écrouler! pensa-t-il.

Enfin, quand il sut que la révolution, causée par les états-généraux, développée par l'Assemblée nationale, allait se consommer sous les derniers coups de la Chambre législative; quand il vit que la commune de Paris, aidée du comité de Salut public, dressait les haches de ses guillotines sur les têtes les plus sacrées, il subit un déchirement qui lui enleva ses facultés.

Rappelé à lui cependant par la terrible réalité des événements, il reçut un choc plus violent encore.

On décréta que l'on ne reconnaissait plus de Dieu en France, que la religion était abolie, ses ministres procrits et ses églises fermées pour jamais.

Alors Carillon ne craignit pas de s'exposer à la vindicte publique. Il était chrétien, fils de Dieu, enfant du ciel; il ne voulut pas être apostat. Il déclara par gestes, mais d'une façon très-expressive et fort énergique, qu'il resterait soumis à son Dieu, comme il demeurait fidèle à son roi.

Hélas! huit jours après cette protestation, Carillon était auprès de son foyer, un soir, lorsqu'on frappa rudement à sa porte.

Georgette alla ouvrir, sur un signe de sa mère.

Des hommes armés, durs de visage, méchants dans leur allure, se ruèrent dans la maison du sonneur, et l'avisant assis sur un fauteuil, près de la lampe qui tombait de la maîtresse poutre, ils le saisirent, lui mirent des menottes de fer, et lui montrèrent par un geste très significatif qu'il était destiné à la guillotine...

Georgette comprit cette horrible pantomime.

Ses traits se décomposèrent... Elle devint blanche, et, quand on contraignit son père à se lever pour partir et qu'on fit mine de l'entraîner de force, elle tomba à genoux, les mains jointes...

Alors, dans un paroxysme de douleur que la plume ne peut rendre, un prodige physique se manifesta soudain, au grand ébahissement des voisins accourus, en larmes, pour saluer respectueusement le malheur...

— Grâce ! grâce ! articula fortement la jeune muette, d'une voix stridente et gutturale.

Puis, ayant dit, la pauvre enfant tomba sur le sol, inanimée, pâle comme un cadavre...

C'était une terrible époque que 1793 !

Lorsque l'infortuné Louis XVI avait porté sa tête sur l'échafaud ; et, après le roi, la reine Marie-Antoinette ; et, après la reine, madame de France, Elisabeth ; et, après madame de France, les princes, les princesses, les gentilhommes ; et, après la noblesse, le clergé ; et, après le clergé, les magistrats ; et, après les magistrats, le peuple ; et, après le peuple, les bourreaux eux-mêmes.

Lorsque le mouvement et l'agitation, imprimés aux passions mauvaises démuselées, comme en un lac troublé par la tempête, eurent fait monter à la surface de la société tous les êtres dégradés, immondes, tarés, et englouti tout ce qui était grand, noble et saint;

Alors le mal prit la place du bien.

Ceux qui pratiquaient le bien se cachèrent; ceux qui patronnaient et voulaient le mal se rencontrèrent.

Les premiers devinrent esclaves; tyrans les seconds.

Les villes, les bourgades, les villages, les hameaux se changèrent en deux classes de gens : les *suspects* et les *révolutionnaires*.

Les suspects furent dénoncés, traqués, emprisonnés, suppliciés. Il y eut des prisons partout; partout on dressa l'horrible instrument de mort que l'on nomme guillotine. Chaque ville un peu importante eut la sienne, et ces machines à couper le cou ne restèrent pas oisives, je vous l'affirme.

La Champagne, comme les autres provinces de France, avait été partagée en départements. Montier-en-Der, Vassy, Saint-Dizier, Joinville, Langres, etc., appartiennent à la Haute-Marne, Chaumont devint le chef-lieu.

Or, Chaumont eut bien vite sa guillotine aux agrès solides, au couperet bien aiguisé, au bourreau très-barbu, sinistre de visage, sinistre d'encolure.

Chaumont eut aussi son tribunal, et le tribunal son président.

Vous comprenez facilement que les présidents des tribunaux d'alors n'étaient pas la fine fleur des pois des Français de cette terrible époque; ou, s'ils étaient la fine fleur des pois, c'était celle des ravageurs qui désolaient en ce moment notre pauvre patrie. Quels tigres que ces présidents!

Celui qu'on imposa au tribunal de Chaumont était un truand, sans famille ostensible, sans patrie connue, sans origine avouée. Son titre, pour occuper un tel poste tout de confiance, était d'avoir figuré parmi les héros d'Avignon, les Frères Rouges de Danton, les Compagnons de la Glacière et les Bouchers septembriseurs.

Il est facile de se persuader qu'un tel

ogre aimait la chair fraîche. Il lui en fallait pour les séances du matin, pour les séances du soir, pour les assises de jour, pour les assises de nuit.

Aussi s'était-il frotté les mains quand il avait su que son escouade de limiers lui amenait, du nord de son département, un conspirateur de premier ordre, un dévot fanatique, un royaliste si furibond qu'il avait failli tuer, massacrer, dévorer ses gardiens, et qu'il n'avait pas fallu moins que des chaînes de fer pour le réduire à l'impuissance.

En-attendant le jugement, du reste, Carillon, qui s'était soumis à l'autorité révolutionnaire autant qu'il se montrait ardent lorsqu'il s'agissait de repousser le titre de renégat, fut déposé dans un cabanon de l'ancien château-fort de la ville, qui servait de prison. Heureux de souffrir pour son Dieu, il trouva la paille humide de son cachot préférable au plus mol édredon; et jamais peut-être, dans aucun sanctuaire, prières plus ferventes ne montèrent aux cieux, sorties d'un cœur plus pur que les prières de notre captif.

En attendant aussi, le président du tribunal de Chaumont et ses juges, affiliés au comité du Salut public, préparaient griffes et dents et se faisaient la main, en faisant comparoir tantôt quelque vénérable douairière surprise à distribuer de l'argent aux pauvres, et que l'on accusait d'embauchage; tantôt quelque prêtre trouvé portant en cachette les consolations et les secours de la foi chrétienne et hardiment proclamé comme fomentant trames, complots et révoltes; tantôt de naïfs laboureurs, prévenus d'accaparer les grains pour amener une disette publique, choses dont ils n'avaient cure; tantôt enfin de timides adolescents, jeunes gars et filles pudiques, auxquels on reprochait de refuser leur présence aux processions triomphales de la déesse Raison, ou aux adorations blasphématoires et impies des bustes de Voltaire et de Marat.

Mais enfin vint le tour de notre héros.

Les greffiers avaient taillé leurs plumes, le président préparé ses questions les plus

insidieuses, et la populace envahi la salle
du palais de la justice.

Chose étrange! on ne s'était pas enquis
du nom du prévenu qui allait paraître sur
les bancs. Il n'était connu que sous l'appellation du *Conspirateur*.

Chose tout aussi bizarre! des satellites
et des agents républicains, qui avaient
fait la capture du prisonnier, pas un ne
se trouvait à Chaumont au jour du jugement, envoyés çà et là qu'ils étaient pour
le service de dame Justice, mission qu'ils
méritaient par leur zèle et leur aptitude à
ce genre d'exercice, désigné en ces jours
mauvais sous le titre d'arrestation de suspects.

Quand les gendarmes introduisirent le
prévenu, grand fut l'étonnement de la
cour et de l'assistance. Au lieu d'un gaillard au visage narquois, à l'œil déhonté, à
l'attitude provocatrice, comme on pouvait,
comme on devait se représenter un conspirateur, on vit paraître un homme aux
traits harmonieux, au regard modeste, à

la désinvolture honnête, à la pose mélancolique.

A cette époque, il n'y avait d'instruction préparatoire au procès que peu ou prou. Il en résultait que les assises devenaient le théâtre de la première entrevue des suppôts de la justice et de ceux qui avaient des comptes à lui rendre.

Le président, en robe rouge, et entouré de tout son cortége de juges en robes noires, tous porteurs de physionomies plus ou moins rébarbatives, déclara bientôt ouverte la séance. Aussi dit-il d'un ton bref :

— Citoyen prévenu, quel est ton nom?

L'accusé ne répondit pas.

— Citoyen greffier, fit le président, écrivez que le silence répond seul à ma question.

Puis il ajouta, en se tournant plus spécialement vers le peuple qui occupait les tribunes et le prétoire :

— Il est bon de constater dès le début, citoyens, que l'individu que nous sommes appelés à juger en ce moment, une fois

aux mains des agents de la force publique,
s'est renfermé dans un mutisme absolu...
Il a fait plus : afin d'insulter à la République, qui ne reconnaît pas de Dieu, à
toute heure, en ce moment même, voyez,
il marmotte quelque prière...

Notez bien que le pauvre Carillon, ému
par l'appareil développé autour de lui, ne
remuait pas les lèvres le moins du monde,
et pour cause. Néanmoins le président continua :

— Je le répète, la France ne reconnaît
pas de Dieu. Prier est donc un crime de
lèse-nation...

Cela dit, et se remettant en face de l'accusé, le président lui dit :

— Citoyen prévenu, où êtes-vous
né?... Ne gardez pas ainsi le silence ! Je
vous en préviens, votre cause, déjà très
mauvaise, le devient davantage encore
par le fait de votre obstination à ne pas
répondre...

Après quelques minutes de repos, l'inter-
rogateur reprit :

— Citoyen prévenu, quel pays habitez-vous ?... et quelle est votre profession ?...

Carillon ne répondant toujours pas, le président dit au greffier :

— Citoyen greffier, constatez le mutisme inimaginable, fanatique, injurieux et stupide du prévenu...

Puis il entama l'accusation en s'adressant à l'infortuné Carillon :

— Vous êtes accusé, fit-il d'une voix formidable, de conspirer contre le régime établi... Qu'avez-vous à répondre ?... Même silence !... La cause sera bientôt jugée, et la sentence ne peut vous être favorable, après une conduite qui a pour but de démontrer votre mépris pour la justice.

Alors s'inclinant vers les juges assis à sa droite et à sa gauche, le président leur tint à peu près ce discours :

— Citoyens juges, sachez que cet homme, dans sa prison, n'a jamais voulu répondre aux questions de l'avocat que nous lui avons désigné pour défenseur. Il s'est contenté de porter la main vers sa bouche pour exprimer qu'elle resterait close. Ce système de silence se reproduit ici, et,

peut-être, le verrez-vous tout-à-l'heure,
comme son défenseur l'a vu dans sa prison, lever les yeux et le doigt vers le ciel...
Mais trève de momeries! Afin d'éclairer
votre conscience, citoyens juges, je vais
répondre et parler pour le prévenu :

Cet homme est accusé d'être un dévot
fanatique, un forcené conspirateur, ameu-
tant la foule pour prier et faire prier un
Dieu qui n'existe pas, et qu'il veut à tout
prix relever des ruines dans lesquelles la
Raison l'a fait tomber. Il est donc coupable
de vouloir ressusciter un culte que tout
récemment un décret solennel a proscrit...
Le dossier que voici, quoique très peu en
règle, puisque le nom, la profession, le
pays du coupable manquent et restent en
blanc, affirme que cet homme est un pré-
dicateur acharné des clubs réactionnaires
de sa contrée. Il parle sans frein en faveur
d'une religion surannée, oubliée, enterrée
à tout jamais; en faveur d'un Dieu qui
n'existe que dans l'imagination des vieilles
femmes et dont on ne voit de traces nulle
part; en faveur de prêtres, cette peste du

genre humain, qui empoisonnent l'existence de l'homme en s'attachant à ses flancs dès son entrée dans le monde, en le harcelant pendant sa vie et en le torturant à l'heure de sa mort... Nous ne perdrons pas notre temps à faire venir les témoins des faits susdits... Il est un de ces faits qui parle plus éloquemment que mon réquisitoire, c'est l'insolente attitude du prévenu.

La patrie est mise en péril par des hommes aussi dangereux, et il est urgent de s'en débarrasser. Par le temps qui court, la justice doit être sommaire... Vous avez entendu, accusé, qu'avez-vous à répondre ?

Ayant ainsi parlé, le président se tut ; mais son oreille savoura délicieusement le murmure flatteur qui suivit ses paroles.

Pour toute réponse, l'accusé semblait être là comme n'y étant pas.

Et il n'y était en effet que d'un corps inerte ; son ame était près de sa fille, et il pensait à elle avec délices. Néanmoins, ou

plutôt à cause de cette douce pensée même, Carillon montrait, jointes à la beauté
de son visage bruni par la douleur et qu'en-
cadraient de longs cheveux noirs, une
placidité sublime si touchante, une rési-
gnation pieuse tellement céleste, que cette
mélancolie sainte devait émouvoir les
cœurs, et à toute autre époque fût devenue
à elle seule un éloquent plaidoyer.

Mais, précisément à cause de cette
image de vertu, dont les méchants ont
peur, la haine des juges et de la populace
ne fit que s'accroître. Aussi, après une
attente de dix minutes, que le président
prétendait être toute de bienveillance, il
s'écria :

— Citoyens, l'accusé ne répondant pas,
et les faits de la cause étant acquis à la
justice, nous allons porter la sentence.
Citoyens juges, veuillez vous réunir et
appliquer à ce criminel la peine qu'il mérite...

— Bravo! firent quelques voix, celles
des *tricoteuses* de l'endroit, ces misérables
pourvoyeuses de tout échafaud, qu'elles

entouraient de leurs hordes sanguinaires.

Mais ces voix furent aussitôt étouffées
par un mouvement de houle qui se fit
dans l'assistance encombrant le prétoire.

Toutes les têtes se tournèrent vers la
porte, et, parmi cette mosaïque vivante de
curieux, ondulant avec effort et s'ouvrant
avec peine, on vit passer, comme une
colombe qui rase la terre, et s'approcher
de la barre, une jeune fille de taille
moyenne, à fine stature, enveloppée d'un
long châle de deuil, et dont la blanche fi-
gure, suave de beauté, regarda le président de ses grands yeux noirs, émus,
pleins de feu, examina les greffiers comme
si elle eût cherché quelque visage connu,
et enfin, parmi les gendarmes, avisant
l'accusé, leva les bras dans un geste de
bonheur, porta les yeux vers la voûte pour
y trouver le ciel, et enfin tomba à genoux sur le sol...

Dans ce mouvement, ses longs cheveux
de jais se détachèrent et inondèrent de

leurs boucles épaisses les épaules de la jeune fille, dont les traits s'embellirent encore d'un doux sourire d'ange...

Le prévenu, lui aussi, se leva...

Il se leva comme un fantôme, comme un corps qui entr'ouvre son sépulcre et qui ressuscite. Son visage se transforma. Comme celle de la jeune fille, sa bouche sourit avec amour... On vit que sa poitrine se gonflait, il lui passa par la gorge une sorte de douleur, car il y porta la main. Puis, écartant les cheveux de son front, le corps tendu ainsi que dans une convulsion violente, avec un profond soupir péniblement sorti du cœur :

— Ma fille ! mon enfant ! s'écria-t-il...

Le plus grand silence régnait dans la salle.

— Il va donc parler enfin !... murmurèrent les juges.

Quant au président, pâle, défait, sans respiration dans la poitrine, les lèvres blêmes, les yeux hagards et les cheveux se soulevant comme par une attraction ma-

gnétique, il laissa tomber des bras inertes
le long de son fauteuil, et contemplant
avec une espèce de terreur la jeune fille
qui s'approchait pour mieux voir son père,
il murmura :

— En vérité, c'est elle, c'est la com-
tesse ! mais d'où vient-elle ? que veut-elle ?
serai-je assez malheureux pour qu'elle me
reconnaisse ? Horreur !

Tous ces mots étaient entrecoupés... A
peine eût-il pu les entendre lui-même, car,
en face de l'apparition de la jeune fille,
qui semblait pour lui la tête pétrifiante de
Méduse, la salive manquait à sa bouche.
De ce moment, il n'osa plus parler. Il craignait d'appeler sur lui l'attention de Georgette, dont la présence, heureusement
pour lui, fixait tous les regards.

Cependant le prévenu ne parlait pas
du tout, contrairement à l'attente des
juges.

Le prodige que la Providence avait per-
mis pour Georgette, une première fois,
prodige que la même Providence venait
de renouveler pour Carillon, et dont l'his-

toire cite des exemples dans plusieurs circonstances dramatiques, le prodige s'arrêta là.

Et, pendant que la foule frissonnait d'étonnement, et demeurait pantelante, la pauvre jeune fille, tombée à genoux d'abord, se trouva si faible qu'on dut la relever et la faire asseoir sur l'un des siéges de l'enceinte.

Mais alors voici que, soudain, derrière elle, se dressa un jeune gars vêtu d'habits de paysan, culotte courte, veste de bure et carmagnole de l'époque, un chapeau à larges bords sous le bras, un bâton de voyage à la main. Le jeune homme, s'approchant de Géorgette, lui montra du doigt le ciel et son cœur.

— Que signifie cette pantomime, citoyen? fut contraint de demander le président, en dissimulant sa voix dans un enrouement volontaire. Que veut cette jeune... femme?

— Alors vous me donnez la parole, citoyen, puisque vous m'interrogez? dit le gars d'un ton décidé, comme quelqu'un

qui semble fort de son affaire. Eh bien !
d'abord je vous dirai que ma *pantonine*
veut dire : Espérez! je suis là, et Dieu
aussi !

— Il n'y a pas de Dieu ! clama le président.

— Oh! que si, et un fameux ! à preuve
que nous voici devant vous, mon brave
juge, et que vous allez nous rendre votre
proie!... Donc, d'abord voilà ce que veut
dire ma *pantonine*, continua-t-il sans s'in-
quiéter des murmures, et puis j'ajoute
que cette jeune femme est une jeune fille,
la fille de l'accusé que vous tenez sous vos
griffes pour le quart d'heure...

— Quelle étrange ressemblance ! murmura le président, dont le visage parut se
rasséréner.

Puis le même président, plus confiant
en lui-même, dit à haute voix :

— Servez-vous d'autres expressions, citoyen !

— Mon Dieu ! je dis griffes, comme je dirais
mains, qu'à cela ne tienne ; vous devez

voir que je suis peu éduqué... reprit le
paysan.

— En outre, voilà plusieurs fois que le
mot Dieu sort de votre bouche. Sachez qu'il
n'y a pas de Dieu...

— Décidément? A votre aise!... fit le
gars. Sachez donc, vous tous qui m'écou-
tez, continua-t-il, que quand ce bonhomme
que vous jugez fut arrêté dans notre village, un vilain soir, cela a tué la mère de
cette jeune fille, qui était la femme de cet
autre. Elle en est morte de surprise, et
quasiment Georgette a failli la suivre.
Mais, grâce à D...! non, grâce à... ma
fine, je ne sais grâce à qui, la pauvre enfant en a rappelé. Mais quand elle vit sa
maison déserte, sa mère sous la tombe,
son père en prison, le désespoir la prit si
fort, si fort, qu'on aurait cru qu'elle était
folle...

Je vous dirai que moi Malapin, — dont
on a changé le nom de baptême, il y a un
mois, en celui de Cornélius Agrippa, drôle
de nom tout de même! — je l'aime cette
jeunesse, mais je l'aime de tout mon cœur,

vrai ! Ce n'est pas étonnant, nous avons
été élevés porte à porte, mangeant souvent
le pain de la même huche et buvant le vin
du même cellier. Et pourtant, je n'ai jamais osé lui dire ça, que je l'aimais ! Nenni
pas ! Elle m'aurait joliment reçu, elle qui
est pure comme la Vierge. Ah ! j'oublie
qu'il n'y a peut-être plus de sainte Vierge
non plus... Pardon, excuse ! Eh bien ! oui,
Georgette me faisait quelque chose, là, au
cœur, chaque fois que je la voyais. Voyez-
vous, c'est tout comme ces fleurs qu'on se
contente d'admirer, sans jamais souffler
dessus. Mais, par exemple, je la suivais
toujours de l'œil, toujours, et surtout quand
je la vis dans le malheur. Si bien donc
qu'avisant, à la pâleur de ses joues, qu'elle
ne dormait plus, mais qu'elle passait les
nuits à... prier ! oh ! je n'ai pas dit Dieu !
voyant qu'elle ne mangeait plus et qu'elle
regardait toujours le ciel, comme les anges, — ah ! ça, les anges vous gênent
peut-être aussi ? dites-le, ne vous en faites
pas faute ! — avisant tout cela et d'autres
choses encore, je me propose bien de ne

pas la quitter d'un instant... de l'œil, toujours de l'œil.

Or, voilà qu'un jour Georgette, qu'était blanche comme un spectre, sort un matin de sa maisonnette, prend la clé après avoir fermé les volets et tout, et puis, un petit paquet sous le bras, se met à trottiner vers le bourg qu'on appelle Montier-en-Der.

— Ah! que je me dis, tu t'en vas? c'est bon, je m'en irai aussi!

En effet, je prends ma blouse de route, mon bâton d'épines, voyez, c'est un fameux gourdin! et je la suis à distance...

D'abord, à la sortie de Ceffonds, notre village, elle prie D..., c'est-à-dire elle s'arrête un peu auprès d'une ruine où se trouvait, il y a peu de temps encore, une croix... du ci-devant, et la voilà qui chemine, passe à Montier-en-Der, chemine encore, passe à Braucourt, traverse toute la forêt du Der, chemine toujours, passe à Eclaron, reprend son cheminement et atteint Saint-Dizier... Qu'est-ce que je dis donc? Il n'y a plus de saints!... Arrivée à... Dizier, elle va, et couche à Vitry, re-va, reva, et attrape Châlons...

Moi, j'allais aussi, à distance toujours, comme un chien fidèle, mangeant où elle mangeait, soupant où elle soupait, couchant où elle couchait, mais me cachant bien, mais ne me laissant pas voir, mais veillant sur elle, de l'œil, toujours de l'œil. Malheur à celui qui aurait osé lui parler! oh! le gourdin aurait tapé dur!

Si elle avait son idée, moi j'avais la mienne. Elle marchait, elle marchait, il fallait voir! Par exemple, jamais elle ne se retournait, ce qui était bien commode pour moi...

J'oubliais de vous dire qu'à Epernay, nous avons eu l'agrément de passer for-cément auprès d'une guillotine sur laquelle on exécutait des moines, des nobles et d'autres. C'était pas beau du tout; après ça, vous savez, ça dépend des goûts. Mais j'ai vu le moment où Georgette allait tom-ber, et je me tenais prêt à la secourir. Elle ne tomba pas! Une idée la dominait, comme je vous ai dit, et cette idée la sou-tint.

Enfin, après douze jours, mes bons citoyens, nous sommes entrés dans Paris...
Quelle ville, mon D..., sapristi! quelle
ville! mais c'est de Georgette que j'ai à
vous parler, et point de Paris. En arrivant,
elle avait pris gîte dans une maison petite,
mais qui avait l'air bien honnête, une au-
berge du pays, et de là, chaque matin, elle
se rendait dans un palais, un vrai palais,
comme qui dirait... Enfin, peu importe!
Qu'allait-elle faire là? c'est là le *hic*,
comme on dit chez nous. Toujours est-il
que le troisième jour que je flânais comme
ça derrière elle, les bras ballants, mais
l'œil, oh! l'œil ouvert, ce qui n'était pas
commode précisément, attendu qu'il y a
des rues qui tournent, qui se replient à
n'en pas finir, trois fois comme mon village, au moins, oui, au moins trois fois,
la voilà qui n'entre pas dans le palais en
question, mais elle suit la rivière, la Seine,
à ce que j'ai entendu dire, elle en remonte
le courant, par où on sort de Paris, et la
voilà qui s'éloigne et part.

Je m'éloigne et je pars aussi. Je n'ai

pas même pris le temps d'aller chercher ma blouse de route qu'est restée chez l'aubergiste. Georgette paraissait un tantinet plus joyeuse : quant à marcher, elle trottait comme si elle avait eu les bottes du petit Poucet.

Une fois dans le voisinage de Troyes, je la vis ouvrir un livre, développer une feuille qui était dedans, et bien examiner ce qui était dessus.

De Troyes nous sommes ainsi venus à Bar-sur-Aube, et de Bar à Chaumont. Maintenant la voici devant vous, elle ne se doute pas que je suis près d'elle depuis bientôt un mois. Comme elle est un peu remise rien que par la vue de son père, elle va vous faire comprendre ce qu'elle désire. Au besoin je vous l'expliquerai...

— Elle parlera bien elle-même... interrompit le président.

— Jeune fille, continua ce dernier, nous vous donnons la parole. Dites-nous ce qui vous amène...

— Mais, mon président, la pauvrette serait bien embarrassée! Elle est sourde et muette, toute jolie qu'elle est... dit le gars.

— Tant pis! fit le président. Mais j'imagine que vous prétendez en imposer à la justice et vous moquer d'elle, citoyen... continua-t-il de sa plus grosse voix. Votre protégée, Georgette, vient de faire un voyage, seule, à Paris, dites-vous? Elle a fait des démarches dans le chef-lieu de la République, puisque, d'après vous, elle avait accès chaque jour dans un palais? Vous ne lui avez été d'aucun secours, puisque encore, d'après vous toujours, vous la protégiez simplement du regard, et vous osez nous dire que cette jeune fille est sourde et muette?

— C'est pourtant comme cela, mon président, répondit Malapin. Est-ce que vous croyez que j'aurais seulement dit trois paroles de mon... affection pour elle, la chère Georgette, si elle m'avait entendu d'un demi quart de ses oreilles? mais, qui sait? elle m'aurait arraché les yeux de colère... Oh! non, j'ai tort de dire cela d'elle, car c'est une douce et bonne fille! En tout cas, elle m'aurait tant seulement regardé avec honte et pudeur, et je me serais embarrassé dans mon discours. Cependant, si elle ne peut pas parler, elle sait écrire, et c'est comme cela qu'elle se sera tirée d'affaire dans son voyage et à Paris...

— Autre absurdité, citoyen... Comment! cette jeune fille est une paysanne, elle est sourde, elle est muette, et elle sait écrire?...

— Lire et compter!...

— Je crois que vous vous engagez dans une mauvaise voie, citoyen...

— Mais, au pays, tout le monde attestera que je vous dis la vérité! A preuve que c'est notre curé...

— Ne parlez pas de ces hommes... que dis-je! de ces rongeurs de l'humanité...

— Oh bien! le nôtre était un fier savant, et on le chérissait... là-bas... mais n'en parlons plus, puisqu'il en est des curés comme de Dieu.

— Alors Georgette ne pourra répondre à aucune de mes questions?

— De vive voix? non. Par écrit, oui.

— J'en suis affligé pour elle : elle aurait répondu pour son père, qui suit un déplorable système de défense. Il est accusé de conspiration, de rébellion, et de provocation à la révolte. Or, à tous ces chefs, il répond par un silence absolu... reprit le président en rendant à son attitude et à sa parole toute leur dignité.

— Ah! ah! fit le jeune gars qui, sans égard pour la dignité des juges et la solennité de la circonstance et du lieu, fut pris d'un rire sardonique presque convulsif, comment, tant de choses contre ce pauvre homme? quoi! il conspire?

— Oui, car il va partout dans son village, exaltant les citoyens par ses discours insensés et ses paroles haineuses contre la république.

— Et d'une! Vous dites aussi qu'il est accusé de ré...?

— De rébellion, oui, parce qu'il prêche le fanatisme et racole des adorateurs à la ci-devant religion...

— Et de deux! fit d'un air narquois le

malin paysan. Passons maintenant à la provocation à la révolte.

— Eh bien ! il est accusé de provocation parce qu'il s'est fait l'agent des prêtres et des nobles ; parce que, dans les clubs réactionnaires, il est le plus farouche tribun, l'orateur le plus véhément des idées de la monarchie...

— Et de trois ! Et vous croyez tout cela, mon président ? Mais regardez-le donc, le digne homme, et dites-moi s'il a tant soit peu la mine d'un conspirateur ! On vous a trompé, et tous ceux qui ont écrit ces infamies et qui vous les ont envoyées, se sont peut-être bien proposé de rire de vous et des citoyens juges. Tous les prétendus crimes de ce brave père, car cet homme est le meilleur des pères, vont être démentis d'un mot, d'un seul. Cet accusé, comme sa fille, est sourd et muet de naissance...

— Sourd ? s'écria le président.

— Sourd comme une huître ! fit le gars.

— Muet ?

— Muet comme un poisson !

— Ce paysan, avec son ton goguenard, abuse de la mansuétude de la justice! dit le président d'un air farouche. A la vue de sa fille, tout-à-l'heure, vous l'avez entendu tous, citoyens juges, s'écrier avec transport : Ma fille! ma fille! Vous voyez donc que c'est lui qui nous trompe, cet homme. Je vais en conséquence ordonner son arrestation immédiate. Il est tout simplement le compère de cette jeune fille et de l'accusé. Ils ont tous leur rôle dans ce drame...

— Compère ou complice, c'est tout un! fit Malapin d'un air sérieux et grave. J'ai vu que Georgette et son père ne m'ont pas encore remarqué, absorbés qu'ils sont par le bonheur de se revoir. La tendresse qui brille dans leurs yeux peut vous traduire les émotions de leurs cœurs. Mais signalez-leur ma présence près d'eux, non point par des paroles qu'ils ne peuvent entendre, par des signes, par un geste quelconque, et vous jugerez si nous jouons la comédie et si je suis leur compère et leur complice.

Sur l'ordre du président, un gendarme plaçant la main sur le bras de l'accusé, lui montra Malapin debout à la barre, près de laquelle on le fit approcher. L'œil du sourd-muet lança soudain un éclair de joie, à la vue de son jeune voisin de chaumière. Georgette, de son côté, suivit la direction du regard de son père, et aperçut soudain le jeune gars, dont l'œil ardent se fixa sur le visage de la pauvre enfant. A cette vue, Georgette manifesta sur sa physionomie une telle surprise, un étonnement si grand, si vrai, si naturel, elle sourit à Malapin d'un air si modeste, si pudique, si résigné, qu'il devenait évident pour tous que père et fille, jusqu'à ce moment, n'avaient aucun soupçon de la présence du jeune homme. Aussi Malapin reprit-il du ton le plus sérieux et le plus digne, pendant que l'accusé et sa fille le contemplaient avec une sorte de stupéfaction que nulle réflexion ne pouvait amoindrir :

— L'accusé est sourd et muet, je l'affirme, et tout Ceffonds l'affirmera comme

moi. Pourquoi n'avez-vous pas cité de témoins ? Je n'en vois aucun ici qui puisse
parler pour ou contre l'accusation. Cependant vous devez désirer la lumière, vous
devez même la chercher, cette lumière, si
vous voulez être justes dans vos juge-
ments. Vous dites : L'accusé a parlé, il
n'y a qu'un instant ! c'est vrai. Eh bien !
Georgette aussi, qui est muette, a parlé
quand elle a eu la douleur de voir son
père arraché à son foyer par la maréchaus-
sée. Mais on dit qu'en certains moments
de crise, les muets parlent, puis le mutisme reprend toute sa force. L'accusé
n'en est donc pas moins sourd et muet,
aussi vrai qu'il s'appelle Carillon.

— Carillon !... Ceffonds !... Je ne me
trompe donc pas ?... murmura le président
en s'agitant sur son siége...

Puis il reprit à haute voix, à plus haute
voix, comme pour dissimuler son embarras, que révélait quelque peu la pâleur de
son visage :

— Ne dites-vous pas que cet homme...

s'appelle... Carillon ? Quels sont les pré-
noms du prévenu ?...

— Il n'en a pas, le pauvre diable ! Il
s'appelle Carillon tout court, attendu
qu'ayant été abandonné à Ceffonds, pendant l'été, sur une poignée de foin et sous
un massif d'arbres de la prairie, par de
misérables vauriens, on le trouva nu, tout
nu, et n'ayant autre chose près de lui
qu'un fragment de papier sur lequel on
avait écrit, par dérision peut-être, ce seul
mot : Carillon ! débita tout d'une traite
notre gars, avec une certaine indignation.

Le président se troubla, devint plus pâle
et n'ajouta rien.

— En vérité, citoyens juges, nous ne
pouvons entendre plus longtemps d'aussi
misérables sornettes... s'écria le procureur de la République. Citoyen président,
veuillez ordonner que la cour se retire,
afin de délibérer. Carillon, ou pas Carillon,
cet homme mérite la mort, et la guillotine
attend...

A cette terrible motion, le président sembla prêt à s'évanouir...

Mais les juges ne firent aucune attention à son trouble, et, dans leur zèle aveugle, ils allaient appuyer l'avis du procureur impatient, lorsque Georgette, comprenant à l'expression des visages que son bien-aimé père courait un grand danger, se leva lentement, comme un fantôme qui sort de terre, et, blanche d'effroi, elle tira un papier d'un livret caché dans sa gorgerette, et le montra au président, qui s'empressa de le faire prendre.

C'était une large lettre scellée de cire rouge.

A peine, la lettre ouverte, le président en eut-il fait lecture, que ses traits se détendirent et son œil voilé s'illumina de nouveau.

Il dit aussitôt d'une voix retentissante, qui avait des notes d'un bonheur secret enfoui au fond de son âme :

— Citoyens juges, cette lettre émane du comité de Salut Public de Paris.

Vous connaissez tous le citoyen Prieur

de la Marne. Il est, comme vous le savez, notre représentant à la Convention nationale, membre de la commune de Paris, et l'un des chefs du comité du Salut Public. Or, c'est le citoyen Prieur de la Marne qui m'écrit. Intéressé sans doute par cette jeune fille, car il est bon, trop bon même, le citoyen Prieur de la Marne m'envoie l'ordre d'élargir, sans jugement, le citoyen Carillon, de Ceffonds.

Voyez tous, citoyens juges, et lisez...

Les juges et le procureur de la République examinèrent tour à tour la dépêche; elle était authentique.

Alors le tribunal s'inclina devant une telle autorité, et l'ordre fut immédiatement donné de rendre Carillon à la liberté.

On le remit entre les mains de sa fille, de sa tendre Georgette, dont l'amour et la sainte énergie l'avaient sauvé.

Le peuple applaudit à ce dénoûment et fut sur le point de porter en triomphe l'humble et bon Carillon.

Quant au président, son dernier regard s'éleva de Carillon..... vers le ciel !...

Je vous laisse à penser quelle fut la joie du bon père, et quel fut le bonheur de sa chère fille.

Pour Cornélius Agrippa Malapin, il se jeta dans les bras de ses braves voisins et prétendit leur servir de guide pour retourner à Ceffonds. Il portait dans son cœur de secrètes espérances qu'il n'osait pas trop s'avouer à lui-même, mais qui, cependant, rayonnaient sur son visage et rendaient son âme jubilante.

. . . .

Le lendemain, nos trois personnages, heureux de respirer le grand air, fiers de leur liberté, et surtout satisfaits de leur réunion, reprenaient la route du pays, bras dessus bras dessous, lorsqu'ils furent rejoints par un homme porteur de grossiers habits de bure.

— Mon ami, dit ce nouveau venu à Malapin, je voudrais vous parler : en restant quelque peu en arrière pour m'entendre, ne craignez pas...

La voix de cet homme frappa Malapin, qui se figura l'avoir entendue déjà quelque part.

Mais sa vue donna une émotion plus violente encore à Carillon et à Georgette : ils éprouvèrent comme un frisson de froid, qui courut dans leurs veines.

— Que voulez-vous de moi? répondit Malapin.

— Un service... fit l'inconnu...

Et, retenant le paysan par le bras, pour en modérer la marche, il le contraignit à se laisser dépasser par le sonneur et sa fille. Puis, parlant à mi-voix et poussant des soupirs, comme un homme dont la conscience est en émoi, il lui adressa ces paroles :

— Eh quoi! ne me reconnaissez-vous pas?... Hier, j'étais le président des assises de Chaumont... Hier, je jugeais le sourd-muet et j'étais sur le point de le faire condamner... injustement, lorsque la Providence de Dieu, que j'ai toujours niée, méprisée, blasphémée, s'est révélée à moi d'une façon tellement évidente qu», aujourd'hui, je l'avoue, je suis le père criminel de cet innocent Carillon...

— Le père du bonhomme Carillon? s'écria Malapin étourdi.

— Silence, jeune homme, gardez-vous d'appeler ces enfants indignes d'un père aussi misérable, je ne pourrais supporter leurs regards... fit l'homme, en mettant la main sur la bouche du paysan, qui voulait dire immédiatement son secret à Georgette et à Carillon... Donc, continua-t-il, aujourd'hui, je déclare d'abord que je suis le père de ce pauvre Carillon; mais en outre, je viens réparer une de mes fautes, autant qu'il est en moi : les autres, je les effacerai de même, mais cela se passera entre Dieu et sa méprisable créature que je suis...

Là-dessus, l'ex-président du tribunal de Chaumont se prit à raconter sa vie à son auditeur.

Issu d'une famille obscure de paysans, qui n'avaient pas su lui donner la moindre éducation, et ayant grossièrement repoussé les bons principes qu'avait cherché à lui inculquer le pasteur de son village, le curé de Hofsteten, en Suisse, Jean Gossyn, c'était le nom du narrateur, dès sa jeunesse s'était fait remarquer par des défauts qui bientôt se convertirent en vices. Impie à l'endroit de Dieu, incivil au vis-à-vis de ses semblables, il allia la rondeur à la ruse, l'activité à la paresse. Enfant, il avait déjà la monnaie de toutes les débauches. De bonne heure on vit en lui des preuves d'une intelligence rapide, d'une audace profonde et en même temps d'une patience dans ses rancunes qui pouvait faire croire à l'oubli. Doué d'une constitution robuste, il y avait joint une force musculaire assez rare, qui en faisait un athlète redoutable. Ses camarades étaient recrutés par lui parmi les plus mauvais champions du voisinage.

Du reste, le travail aux champs n'avait pas tardé à lui déplaire : la régularité des habitudes lui était trop à charge !

Aussi, un jour, quitta-t-il joyeusement Hofsteten, pour venir à Paris.

Il comptait à peine quinze ans à cette époque.

L'instinct mauvais de ce garnement le porta à se faire boucher. Il fut d'abord employé à la boucherie des Prouvaires. Mais il ne prenait du labeur quotidien qu'autant qu'il en voulait, et, à ses heures, il cherchait et trouvait des relations plus qu'équivoques. Il se mit ainsi en liaison avec ce que Paris renfermait de plus méprisable. Alors son énergie vigoureuse et son audace lui concilièrent peu à peu la considération des êtres vils qui l'entouraient. Les finesses du négoce s'étant révélées à son esprit clairvoyant dans ce qu'elles ont de plus déloyal, son immoralité native ne lui fit voir que des fripons et des dupes. Il se rangea rapidement parmi les premiers, et on le vit sans cesse tromper avec hardiesse et habileté, jusqu'à ce que, posé en luron devant ses admirateurs, il sentit germer dans son cerveau des pensées d'ambition.

Boucher... fi donc !

Il rêva, un soir, qu'il convenait bien

mieux à sa nature, dont ses amis vantaient si fort la distinction triviale et l'élégance plus que douteuse, de monter sur les plan ches d'un théâtre...

Et il se fit acteur. Quel acteur! Jamais Paris ne put se décider à l'accueillir dans sa plus misérable salle... Et ce fut dans un taudis de la province la plus reculée qu'il put enfin faire ses débuts. Débuts! j'ai osé employer ce mot pour un pareil histrion. Quoi qu'il en soit, il eut au moins les suffrages d'une misérable femme qui s'attacha à ses pas et le suivit dans son odyssée d'artiste affamé, nu et grelottant.

Un enfant vint ajouter aux embarras de cette affreuse position : ce fut l'infortuné petit Albert Gossyn... Hélas! un matin, Jean, le triste acteur, à cent lieues de son pays, au fond de la Hollande, se trouva seul avec cet enfant... La mère dénaturée du petit Albert s'était enfuie, n'ayant plus le courage de supporter les mauvais traitements et de partager la misère de celui qu'elle avait suivi courageusement jusque-là.

Pour vivre, le malheureux histrion s'attacha à une bande de bohémiens qui, venus des côtes du Danemark, descendaient vers la France pour pénétrer en Italie, où la vie était plus facile, leur disait-on, et ce fut alors que, en traversant la Champagne, Jean Gossyn, qui voulait retourner à Paris, laissa partir la troupe des gitanos, et abandonna à son tour l'intéressant enfant, qui était sourd-muet, au pied d'une meule de foin, dans les prairies de Ceffonds.

Un billet attaché aux hardes du petit être annonçait qu'il s'appelait Carillon...

Telle avait été la gracieuse facétie de l'illustre acteur.

Mais bientôt les mouvements précurseurs de la révolution de 1789 se firent pressentir, et le souffle mystérieux qui révéla si longtemps à l'avance les orages politiques, commença à se répandre. Alors, quand se produisait l'effervescence populaire qui pulvérisa la Bastille, la lie des bas-fonds monta soudain à la surface.

Dans les rangs du peuple se glissèrent les aventuriers du vice et les soldats du crime.

A cette prise de la Bastille, l'ancien boucher des Prouvaires sentit renaître ses instincts sanguinaires, et il se fit remarquer par son audace. En même temps, l'ex-acteur comprit qu'il était enfin sur un théâtre digne de lui.

Il exploita donc la révolution qui se faisait...

Semblable au requin qui suit dans la tempête les navires en péril, il n'y eut pas, dans cette période d'ébranlement où craquait de toutes parts l'édifice de l'ancienne monarchie, d'émeutier plus ardent à la parole et à l'action.

Les nuits de sang et d'orgie, les jours de lutte et de pillage le trouvaient infatigable, impitoyable.

Il eut bientôt un grand renom parmi les massacreurs. En effet, il fut un de ceux qui dirigèrent les épouvantables journées de septembre 1792 !

L'Abbaye, les Carmes, la Conciergerie,

le Grand-Châtelet, Bicêtre et la Salpétrière
devinrent tour à tour le théâtre de ses ex-
ploits.

Alors Jean Gossyn, ayant bien mérité
de la patrie, osa demander sa récompense.

Il fut envoyé en mission dans certaines
villes où il était urgent d'organiser des
assassinats. Après quoi, vers 1794, fatigué
de nouveau de cette autre phase de son
état de boucher, le misérable septembri-
seur obtint la charge de président du comité de Salut Public, et ce fut en cette
qualité qu'il venait de siéger à Chaumont,
et de diriger les assises devant lesquelles
avait paru Carillon.

Les miséricordes de Dieu sont infinies,
car là une grâce spéciale attendait le grand
criminel.

En effet, en se trouvant, contre toute
attente, en face de son fils qu'il avait abandonné, qu'il rencontrait devant lui comme
pour lui barrer le passage dans sa vie de
désordre, et qu'il allait condamner ; en de-
venant le témoin du prodige qui fit qu'une
ardente tendresse de cœur délia des lan-

gues muettes, le misérable pécheur habitué à tous les crimes ne put s'empêcher de reconnaître le doigt de Dieu...

Alors il proclama la Providence dans son cœur, et, dès lors, brisé par les remords d'une vie dont il commença soudain à comprendre les horreurs et les turpitudes, comme il était doué d'une grande énergie, il prit incontinent une résolution radicale.

Il envoya sa démission à Paris.

Puis, libre désormais, il voulut revoir une fois, sans leur parler, ceux qui lui devaient le jour. Il sentait que le vice ne pouvait se rapprocher de la vertu. Et puis, d'ailleurs, il tenait à une expiation qui le frappât dans le cœur, autant qu'elle réparerait le mal commis vis-à-vis des siens.

Ce fut dans cette intention qu'il suivit ces braves gens de Ceffonds retournant à leur village, et qu'il prit à part Malapin. Ce fut pour cela aussi qu'il lui raconta sa vie, comme une confession dont il voulait se décharger. Enfin, dans le même but toujours, il lui remit un paquet cacheté do noir et destiné à la fille du sonneur, la douce Georgette.

Alors, ayant bien contemplé, pendant quelques instants, et les yeux mouillés do pleurs, Carillon et sa fille, qui le précédaient, et qu'il allait quitter pour toujours, il s'arrêta tout-à-coup au sommet d'une éminence, d'où la route de Suisse, qui la traversait, s'enfonçait dans les profondeurs d'un bois.

Là, il salua Malapin, et envoya un long baiser à ses enfants...

Aussitôt Malapin descendit en toute hâte la colline pour rejoindre ses amis. Puis, il leur raconta avec force gestes tout ce qu'il venait d'apprendre... Enfin il leur dit dans une pantomime expressive :

— Eh bien ! cet homme... c'est votre... père !...

— Mon père !... s'écria Carillon, dont la langue une fois encore se délia...

Et il voulut courir aussitôt après Jean Gossyn...

Mais Malapin l'arrêta...

En ce moment, on voyait encore la haute taille du voyageur qui s'estompait en gris sur l'azur du ciel... Un rayon d'or pâle s'élança même d'un nuage entr'ouvert et vint l'entourer d'une auréole de lumière ; mais il disparut bien vite, en envoyant un dernier regard à ceux qui le contemplaient de loin...

— Que... ne vient-il... avec nous ? demanda Georgette dans son ardente mimique.

— Il se rend à la grande Chartreuse, pour y pleurer et y mourir... fit Malapin. Il a tant à expier !... Mais voici ce qu'il m'a donné pour vous, Georgette... acheva-t-il.

C'était la dot de Georgette, sa petite-fille, dix mille francs, avec la prière de donner sa main au brave Cornélius Agrippa Malapin, qui l'entourait d'une affection si vraie !...

LA PIÉTÉ FILIALE.

Il y a trois cents ans, un riche marchand mourut à Lyon et laissa une grande fortune. On savait qu'il n'avait d'autre héritier qu'un fils unique, qui tout jeune était allé aux Indes, auprès d'un de ses oncles; on sut aussi qu'en revenant des Indes le fils du marchand avait fait naufrage, mais qu'il n'avait pas péri.

Au bout d'une année un jeune homme se présenta : il dit qu'il était le fils du marchand et qu'il venait recueillir sa succession. Peu de jours après, il vint un autre jeune homme, qui prétendit aussi être le fils unique du marchand. Enfin un troisième se présenta le mois suivant. Tous trois allèrent l'un après l'autre à celui qui était dépositaire des biens et de l'argent, pour faire reconnaître leurs prétentions. Comme chacun d'eux disait avoir perdu ses papiers dans le naufrage, que les personnes qui avaient connu le fils étaient aux Grandes-Indes, le dépositaire était fort embarrassé, faute de preuves.

En ce temps-là, lorsque l'intelligence des hommes ne suffisait pas pour débrouiller une difficulté trop grande, l'on faisait décider la question par une épreuve que l'on nommait le jugement de Dieu. Le dépositaire dit donc aux trois jeunes gens :

— Il y a nécessairement parmi vous deux imposteurs, je reconnais qu'il m'est impossible de les désigner, mais je vais vous faire donner à chacun un arc, vous marquer un but, et celui qui en approchera le plus, je le regarderai comme l'héritier, car j'espère que Dieu fera triompher la bonne cause.

Alors il amena le premier des jeunes gens dans le jardin et lui dit :

— Tirez au but que vous voyez, c'est le portrait de votre père. Il faut que vous atteigniez à cette marque blanche qui est à la place du cœur.

Le jeune homme décocha sa flèche, et elle atteignit près de l'endroit désigné.

On fit venir le second prétendant, il fut encore plus heureux que le premier; sa flèche atteignit plus près du but.

L'on fit enfin venir le troisième; mais quand on lui eut montré le portrait du père, qu'il lui fallait percer de sa flèche, il jeta avec indignation l'arc et les traits loin de lui en disant qu'il aimait mieux perdre son héritage que de commettre un parricide, ne fût-ce que sur une image.

— Eh bien! l'héritage t'appartient, dit le dépositaire, c'est toi qui es le fils, les deux autres sont des imposteurs; si le marchand eût été leur père, jamais ils n'eussent osé percer d'une flèche son portrait.

FIN.

Limoges. — Impr. EUGÈNE ARDANT et Cⁱᵉ.